詩集 九条川

1943〜2020

高橋嬉文

詩集　九条川

序

戦争が負けて終わった時、私は国民学校一年生、六歳でした。ここに収めた前半の詩は私の五~十六歳ぐらいの時の体験の記憶です。
戦争が如何に悪行であり、多くの犠牲者が出て、人々が筆舌に尽くせぬ体験をしてきたかは子供には分りませんでした。その悲惨さは長じて分ってきたことで、私の体験ではありません。ですから、この書を出すことに逡巡しましたが、歴史を学び、曲解せず、犠牲になった人達を偲ぶ時、そして今の平和が続く事を願うのであれば出すべきだと思いました。

憲法九条は多大な犠牲の反省の上に作られたもので、犠牲者からの賜物であり、かけがえのない宝です。真の宝物は日常、意識の外にありますが、それを失った時、初めてその大切さ、偉大さがわかります。
九条は決して失くしてはならないし、いじくりまわしてはいけないのです。そんな思いを表したのが「九条堤防」や「九条川」です。

日本は古来、天災が多く大きな犠牲を強いられて来ました。その都度人々は過ぎ去った災厄は早く忘れ、新たに立ち直り力強く生きて来ました。ここには天災に対する諦観がありますが、この忘れ去る能力は日本人の優れた国民性の一つかもしれません。しかし、太平洋戦争の戦死者、空襲や原爆での死者は三百十万人とも言われ、また、それよりも多くの他国の人々を殺したと云われています。

この戦争は、色々事情はあったにせよ日本国始まって以来の、自ら起こした未曽有の災厄と云えるでしょう。この事を忘却の彼方に押しやるのであれば優れた国民性とは言えません。そして歴史を直視する事は、内外の犠牲者への慰霊と贖罪《しょくざい》の思いを持ち続け、「日本は戦争をしない国」であることを守る事だと思います。

兄三人をとられた女性、父をとられた子供たち、インパール作戦の生き残りの上司、空襲で生き別れた弟妹を何年たっても探していた上司、彼らは言葉少なく「話せない」と言っていました。本当に辛く悲しい事は話せなかったのでしょう。

戦後七十五年、あの戦争を知り、そして語ろうとする人は少なくなりました。一本のロウソクに例えれば、あと一センチ程かも知れません。

私は残り少ないロウソクの僅かな一ミリになれたらと思います。

日本は平和な二〇二〇年夏

著者

詩集　九条川＊目次

詩集　九条川

白い犬

美しい姉と弟が疎開していました
田舎では見られないような
美しい人たちでした。

白い犬は崖下の木に繋がれていました
姉と弟は
離れたところにいました。

別の離れた所には
鉄砲うちのおじさんがいました。

犬を呼ぶように、おじさんが言うと
姉か弟が犬を呼びました。

犬がそちらに行こうとして
ロープがぴんと張った時
銃声がして
犬はバタッと倒れました。

姉は弟の肩を抱いて
二人で帰っていきました。

――犬は軍隊で毛皮を使うので、供出しろといわれ、殺されたのです。
それから間もなく戦争は負けて終わりました。――

吹き竹

近くに住む
母の実家の祖母が
駆けこんできた
恒《つね》が、恒《つね》が
戦争に　とられちまうよー
母と祖母は
茫然と立っていた

土間には
午後の陽が射しこんでいた

祖母が駆け込んできた

恒が、恒が
戦死したと……

母は竈《へっつい》で火を燃やしていた
祖母はかまちに　ぺたりと座り込んだままだった
母は吹《ふ》き竹《だけ》で

竈《へっつい》の火を吹いた
火は勢いよく燃え上がる
それでも母は吹き竹を
吹き続ける
途切れ
途切れ

途切れ
途切れに
吹き竹を吹く
火はますます勢いよく燃え上がる

それでも母は
吹き竹を吹く

嗚咽の
吹き竹に
火はますます燃え上がる

祖母や母、当時の大人は赤紙が来ると、戦争にとられると言っていた。
赤紙＝召集令状＝強制連行。

お父さんは

童謡 里の秋　一九四五年（昭和二十年）十二月
作詞 斎藤信夫・作曲 海沼実 に思う。

一、静かな静かな　里の秋
お背戸に木の実の
落ちる夜は
ああ　母さんとただ二人
栗の実　煮てます
いろりばた

明夫さんも　朋子ちゃんも
さっちゃんも　輝クンも
洋子ちゃんも　邦雄君も　かよちゃんも
章一君も　貢ちゃんも
五人きょうだいの晴夫《はる》ちゃんも
　みんな……
　　お父さんは帰ってこなかった――

二、明るい明るい　星の空
鳴き鳴き夜鴨の
渡る夜は
ああ　父さんのあの笑顔

栗の実　食べては
思い出す

朋子ちゃんは　いつも、爪を嚙んでた
さっちゃんは　時々大きな声で笑ってたけど
眼は潤んでた
輝クンはいたずらでいたずらで
でも、時々無口になって
空の遠くを見ていた
　みんな……
　　お父さんは帰ってこなかった――

三、さよならさよなら　椰子の島

お舟にゆられて
帰られる
ああ　父さんよ御無事でと
今夜も　母さんと
祈ります

みんな……
　お父さんの思い出はほんの僅か——
大きな手　チクチクいたかったおひげ
高ーい肩車
でも　さっちゃんには
思い出す思い出すらもない
あるのはたった一枚の
枯れ葉色した小さな写真

晴夫《はる》ちゃんは
出征の父を見送ったどこかの駅
邦雄君の想い出は
白い箱を取りに行ったこと

お父さーんッ

お父さーんッ

お父さーんッ

◇　◇

二〇二〇年
みんな　頑張った

頑張って生きてきた
母の苦労とやさしさがあったから
みんな真っ当に生きてきた
日本は戦争のない国だと
心底安心できたから頑張れた
だから日本の今がある。

――小学生の時『里の秋』をよく歌いました。
大人になってからこの歌を歌うと、こみあげてきて歌えないのです。

宮崎文平　昭和19年10月1日　ニューギニア西部にて戦死　37歳　2児を残す。

粟沢恒三郎　昭和19年出征　20年10月21日（終戦後）湖南省の病院にて死去　38歳
2児を残す。

斉藤　清　昭和19年5月出征　20年4月10日ミンダナオ島に向かう船にて戦死
37歳　3児を残す。

中里武雄　昭和19年6月15日出征　20年コレヒドール島にて戦死　33歳　2児を
残す。
弟好文も昭和20年戦死　23歳。

中村弘晴　昭和14年　湖北省にて戦死　42歳　5児を残す。

ポンせんべい

国《くに》さん（国太郎さんというお爺さんの事）

ひとりの兵が歩いて来た
戦闘帽を目深にかぶり
日焼けした顔
斜めに掛けた水筒
背嚢《はいのう》とゲートル

その日の午後だった
広場のゆずり葉の木の下に

ポンせんべい屋が来ていて
大勢がコメやらなにやら
僅かな穀粒を持ってきて
とに角大変な量に増えるものだから
随分得したような気分になって
取り囲んで待っている時
国さんの娘さんが
ニコニコしながら
息せき切って米粒を持ってきた

兄さんが
シベリアから帰ってきたとの事
あの兵は
国さんの息子だったのだ

結構元気に歩いていたのは
我が家の
聳《そび》え立つ榧《かや》の大木が見えたからか
みんなはポンせんべいの順番を
娘さんに譲ってやった

◇　◇

暫くして御祝儀があった
花嫁花婿の並んだ座敷
近所の衆が縁側で見物
国さんは上機嫌だ

宴たけなわになって

国さんが言い出した
俺は嬉しがんねえ！
俺は嬉しがんねえぞ！
と酒を注いで回りながら
何度も言って
どこそこの誰は息子が帰ってきたら
喜んで、すぐに死んじまった
どこそこの誰も　嬉しがって
直ぐに死んじまった
だから俺は嬉しがんねえ
と何度も言った。

その後
国さんは幸せな九年を生きた。

萩原国太郎　昭和32年没　80歳。
萩原嘉国　昭和16年2度目の赤紙　20年シベリアに抑留され23年帰還
平成20年没　92歳。

キヨハラくん

キヨハラくんは疎開の子
大きなお目めはよく澄んで
四角い顔のその下は
細《ほそ》ーい細《ほそ》ーい首だった

キヨハラくんはぼくの友
きれいな声で歌上手
いつも元気に歌ってた

服のボタンは金・木・貝

キヨハラくんは疎開の子
垢で光った黒い腕
細ーい細ーい腕だった
弁当の時間はいなかった

キヨハラくんはぼくの友
さざんかの咲く坂道で
東京に帰ると云っていた
キヨハラくんは元気かなあ

ロウソクは溶けて

昭和二十九年
午後の中央線はすいていた
連結部を伝って
傷痍軍人《しょういぐんじん》がふたり
入ってきた
単衣《ひとえ》の白衣　幅の広い皮のベルト　戦闘帽
片足　松葉杖　丸くて濃いサングラス
アコーディオンで軍歌を奏で終わると
ふたりは

お金を請いながら
次の車両に移っていった

高校生になり
電車に乗るようになって
初めてみた光景
もとより何もできるわけでなく
ただ　もじもじと下を向き
そして　済まない　済まない
申し訳ない　申し訳ない　と
後ろ姿に手を合わせる思いであった

昭和三十七年

東京郊外

秋が来て神社のお祭り
もう神社の前には若い衆が
自転車やオートバイで乗り付ける
ベルやエンジンや
老婆や子供の声で
社の前は大にぎわい

参道の両側には店がいっぱい
おでん屋　だんご屋　わた菓子屋
オモチャを見つめる子供らの輝く目
老婆の売る白ネズミは
くるくるくるくる車をまわす

暗い鳥居の下に
傷痍軍人が立っている
義手の上にロウソクを灯し
ゆらぐひかりは
黒眼鏡の崩れた半顔を
照らしている
ロウソクは溶けて
冷たい義手にしたたりおちる

腕をもがれ　脚を断たれ
眼を抉《えぐ》られ　膚を焼かれた姿を
人々に晒しながら
彼らは何を訴えたかったのか

消えることなき怒り
消えることなき悲しみ
彼らにとって戦争は終わりはしなかった

令和二年　夏
あれから六十六年
酷《むご》き戦《いくさ》の真実の片鱗を
見せてくれる者は残り少ない

あの義手にしたたりおちたロウソクのように
冷たく固まって
消えてゆくのか

過酷な人生を強いた者たちの
贖罪の言葉を聞くこともなく
むなしく去ってゆくのか

せめてもわれらは
この国を
戦争をする国へ
変えてはならない

昭和37年、お祭りの傷痍軍人の一節は、自著『武蔵野の日々』昭和42年刊より抜粋、修正して引用。

尚、同書では、ろうそくは溶けて冷たい義手にひたたりおちる、となっていたのをしたたりとご教示下さったのは、戦中の日本で最大の言論弾圧と云われる横浜事件で連座させられた藤田親昌さんでした。

1995年頃の事で、最晩年の不屈の言論人の謦咳に接し得たのは幸せなことでした。
横浜事件とは1942～1945年に60人もの編集者や記者など言論人が逮捕され、拷問で〈四人はいたましく獄死し、四人は釈放されてから獄中の打撃に心身ともにむしばまれ、遂に昔日の姿に帰らずしてむなしくなった〉というあまりにも理不尽で残酷な、でっち上げの冤罪事件です。戦後、無実を訴える元被告人や家族・支援者らが再審請求。2019年裁判は終結。
〈 〉内『言論の敗北 横浜事件の真実』美作太郎・藤田親昌・渡辺潔 共著 三一新書 1959年刊より引用。

藤田親昌（1904～1996） 出版人、編集者。元文化評論社社長・中央公論社編集部長。

『かながわ100人の肖像』朝日新聞横浜支局編・有隣堂・1997年2月によれば藤田さんは、横浜事件のような言論が封殺される時代が再び来たとき、〈権力の暴走を止められるのは庶民の力しかない〉と言われ、また〈世の中がおかしくなるときは、電気が暗くなるように、少しずつ遠回しに変えられていく。おかしいと思ったときに、一人ひとりが声を上げていかなくては〉と言われ、また『言論の敗北』には、あのような弾圧を許したのは〈われわれが「組織」を持たぬ、「善意」だけにたよる、孤立分散した個人にすぎなかったということである〉と述べています。

銀杏《イチョウ》

昔は小さな村の
丘の上の寺
境内に建つ黒御影の慰霊碑
びっしりと白く刻まれているのは
戦死した若者たちの名前

大きな銀杏の樹のある庭で
わんぱくたちが遊んでいる

子供たちに陽はふり注ぎ
あとからあとからイチョウが散る

笑ったり　わめいたり
はやしたり　べそをかいたり
何の不安もない　にぎやかな
子供たちの姿
金色の声
金色の歓喜
金色の時の姿

にわかに風がおこり
幕でも下りるかのように

あやめも分かたぬほど
銀杏の葉が降りそそいだ
一瞬　子供たちの声は掻き消え
だーれもいなくなった

その時
慰霊碑に刻まれた
自分たちの名前に
吸い込まれる様に
消えていった
子供たちを
見た

慰霊碑＝太平洋戦争で戦死した兵士を慰霊するため、地元の人たちや遺族によって建てられ、戦死者の名前が刻んである。寺社の境内や役場の近くの公園などに多い。小さな村であったであろうに、こんなに多くの若者の名前が、と驚かされる。そして個人の墓地にも親や兄弟、子供が建てた墓石が多く、戦死した場所や年月が刻んである。家族の無念の思いがひしひしと感ぜられる。

また、戦災の犠牲者のものも多い。平和の碑と云われるものが多くなったのは反省と平和への希求の念が高まったと思われる。沖縄県の平和の礎は有名である。こんなに多くの人たちが死んだんだよ、可哀そうだね、戦争は嫌だね、平和は大切だね。と、子供たちに教えるのは本当の意味で慰霊になるのではないでしょうか。慰霊碑に出合ったら頭を下げたいものである。

戦前は日清、日露戦争の戦死者を慰霊する為、というよりも忠魂碑、忠霊塔などの名前で、碑文も忠君愛国、国に殉ずることを賛美する様なものが多く、軍国主義の時代であったことがわかる。

今も

わたつみの
千尋《ちひろ》のそこいしずかなる
水のあわいに父は眠れり
間もなくも　故国望める
船上《せんじょう》に息の絶えしと

飢餓《うえ》し身の
火筒《ほづつ》を杖にさまよいて

たおれし草のいやますみどり
飢えと熱　いかばかりなり
密林《ジャングル》に今も待てるや

身も凍《い》つる
針葉樹林《タイガ》のほとり春くれば
花咲き満てよ父の奥津城
抱き出《いだ》す　日をば待たれよ
いましばし凍土《つち》のしとねに

厚労省の資料によれば２０１９年現在、１００万柱以上の戦没者の遺骨が戦場に遺棄されたまま収容されず、帰還を果たしていない。

ボランティア団体を含め、様々な団体が活動を行っているが、遅々として進んでいない。

厚労省に任せていても埒はあかない。戦後75年も経っているのである。

利権を排した専門の大きな組織を創設し、期間を定めて集中してご遺骨を還せないものだろうか。

九条堤防

九条堤防は壊れない
九条堤防は丈夫な堤防だ
世界で一番頑丈な堤防なのだ
なにしろ三百十万人もの
死者が埋葬《いか》っていて
突き固めてあるのだ

悲鳴と絶叫
嗚咽と慟哭

飢餓と絶望
怒りと怨念
大いなる苦しみと悲しみ
この世に無ければいい
あらゆる惨禍を一身にまとった魂が
この堤防には埋葬《いか》っているのだ

三百十万人もの死者たちは
自分たちがこうして
堤防の一部であり続ければ
のちの世は平穏であると
大いなる理想を信じて
埋葬《いか》っているのだ
だから九条堤防は崩れない

九条堤防は丈夫な堤防だ
世界で一番頑丈な堤防なのだ

偽りの言葉で扇動する者たち
甘い言葉で巧みに陥穽《かんせい》に誘い込む者たち
共同謀議などとでっち上げ
拷問し人殺しをする者たち
人殺しの武器を作って金儲けをする者たち
自分らは安全な場所で
人の命を将棋の駒の様に作戦を練る者たち
否　あれは作戦などと云えるものか
ゴッコだ!
児戯にも劣る戦争ゴッコだ!

飢餓と熱病で死体の山を作れと命ずる者たち
赤子を泣かすな！　わが子を殺せと母親に命ずるもの
火炎地獄　熱線地獄　飢餓地獄
民を戦争に駆り立てる恐怖の政治
そんな濁流を食い止めるのが
九条堤防なのだ
この堤防がある限り
あの忌まわしい濁流は襲ってこない
九条堤防は丈夫な堤防だ
世界で一番頑丈な堤防なのだ
九条堤防がある限り
この堤防がある限り
血の濁流は襲ってこない

召集令状という強制連行
子を父母から奪い
夫を妻から奪い
父を子供たちから奪い
友を友から奪い
恋人を恋人から奪い
神風　特別　攻撃隊などと
若い命を砕け散らせと命ずる者たち
追いつめられた若鳥たちの
自ら死に赴く理由付けは
殉国
美化するにはあまりにも酷《むご》すぎる
美化するにはあまりにも悲しすぎる
その無念を

今も美談として感情を高ぶらせようとする欺瞞《ぎまん》
欺瞞を重ねる先には
狂信と悲劇が待っている

そして再び　今
柔らかい脳みその畑に
敵愾心と好戦の種を播《ま》いて
苗を育てようとする者たち
聞き分けの良い純粋な若者たちを
大勢育てて
彼らを支配しようと画策しているのだ
そんな濁流を食い止めるのが
九条堤防なのだ
この堤防がある限り

あの忌まわしい濁流は襲ってこない

九条堤防は
世界で一番頑丈な堤防なのだ
なにしろ三百十万人もの
死者が埋葬《いか》っていて
のちの世は平穏であれと
祈ってくれているのだ
九条堤防がある限り
あの忌まわしい濁流は襲ってこない

夏の空に

この日あなたが
車を運転していたら
日本全国いっせいに
鳴らしませんか警笛《クラクション》
日時は六月二十三日
時刻は十二時きっかりです
一分間だけ願います
沖縄の空に向かって
慰霊の弔笛鳴らしましょう。

この日あなたが
車を運転していたら
鳴らしませんか警笛《クラクション》
時刻は八時十五分
一分間だけ願います
広島の空に向かって願いを込めて
弔笛かねて鳴らしましょう
核兵器
廃絶願って鳴らしましょう。

この日あなたが
車を運転していたら
日本全国いっせいに

鳴らしませんか警笛《クラクション》
日時は八月九《く》日です
時刻は十一時〇二《ゼロに》分
一分間だけ願います
長崎の空にむかって願いを込めて
弔笛かねて鳴らしましょう
核兵器
廃絶願って鳴らしましょう。

この日あなたが
車を運転していたら
南の島から北の島
日本全国津々浦々で
鳴らしませんか警笛《クラクション》

日時は八月十五日
時刻は十二時丁度です
一分間だけ願います
戦争は二度としないと誓いを込めて
弔笛かねて鳴らしましょう
お寺の鐘も願います
船の汽笛も願います
電車も役所も工場も
夏空の青さに向けて
みんなで鳴らそう
警笛《クラクション》！
戦争はしてはならぬと世界へ向けて

九条堤防に蟻

九条堤防の上に
蟻が一匹
髭を動かしながら仲間を募っている
あっ　旗を振りだした

みんな集まれ！　集まれ！
――呼応して続々と集まる蟻たち――
みんな集まれ！　集まれ！
さあ　皆で九条堤防に穴をアケよう！

軍隊蟻も早く集まれ！
甘い蜜が欲しい蟻たちも早く集まれ！
みんなで九条堤防に巣を作ろう
俺たちの美しい巣を作るんだ
こんな堤防なんて
ガランドウにしたって構やしない
兎に角　早く　一穴《ひとあな》アケよう

髭動かしながら
旗振りながら
九条堤防に穴アケるのだ
蟻の一穴《いっけつ》の威力を示すのだ
兎に角一つ　穴さえアケれば
後は俺たちのもんだ

◆　◆

今　われらは　九条堤防に
蟻の穴一つアケさせてはならない！
三百十万人もの魂で出来ているこの堤防に
一つの穴さえアケさせてはならない！
その一穴《いっけつ》が九条堤防を瓦解させる

その一穴《いっけつ》が
人類の宝を奪ってしまう
まだ間に合う
今のうちに蟻を防ごう

四猿《よんざる》

われらは常に
心しなければならない
われらが選び
われらの支配のもとにある者たちの
増長し　われらを欺く言動に

われらは常に
心しなければならない
言葉をもって業とする者が

まやかしの言葉を発する時

われらは常に
心しなければならない
筆をもって業とする者が
真実を偽る文字を書く時

われらは常に
心しなければならない
映像をもって業とする者が
偽りを真実のごとく写し出す時

われらは常に
心しなければならない

見ざる　聞かざる　言わざると
われら自らが三猿となりさがり
政治の専横を許す時

かくてわれらは四猿なり
新しき世の四猿なり
よく見　よく聞き　言うべきを言い
行動する四猿たるべし。

いざとならば
議事堂を十重《とえ》二十重《はたえ》にとり囲む
四猿となるべし

参考文献　漢字の真実の意味辞典より（著者による）

意味を持つ漢字は様々な姿で人々を誘惑、あるいは籠絡し、洗脳・鼓舞・熱狂させ、やがて破滅となれば、美化し、諦めさせ、無かったことの様に知らん顔をする。戦中戦後に作られた多くの漢字言葉の真実の意味の一例を示す。

尚、視認性に優れたピクトグラムは具象物の標識であるが、漢字は抽象的な様々な意味を持つので英語のいわゆるプロパガンダに利用されて効果が高い。

名称　召集令状＝赤紙　真実の意味＝武器も食料もあまり有りませんが、死ぬかもしれない戦争に行って戦ってくれませんかという有無を言わせぬお願い状。別名＝強制連行通知状。

名称　玉砕＝全滅　真実の意味＝何物にも代えがたい命を、玉などと言い換え、全滅すら潔《いさぎよ》く美しいことの様に賛美。また、神風・特別・攻撃隊、神州不滅等と洗脳。狂信的行動を命ずる者たちの造語。別名＝無謀な命令による全員死亡のこと。責任逃れの隠れ蓑として用いられる。

名称　護郷隊＝鉄血勤皇隊＝ひめゆり学徒隊　真実の意味＝沖縄の年端も行かない少年少女たちを軍国主義教育により洗脳し、郷土や国を守るためと称して集めた即席軍隊の名称。多くの若者たちが死んだ。別名＝切羽詰まった軍隊の前線に配される若い命の盾。

名称＝自虐史観

真実の意味＝侵略による植民地主義の歴史を素直にみて、加害国の国民として贖罪の念を持つ歴史観にたいする侮蔑的反語。別名＝脛の傷を隠したい歴史観の反対語。

ちなみに慰霊と贖罪の念を有する方が日本人としての誇りと自信を更に強く持てるのではなかろうか。

尚、現在の出来事に置き換えると、例えば福島原子力発電所の事故について、加害者側は贖罪の気持ちを持ち続けることが大切であろうし、それを自虐とは言えないであろう。

ここに示したのはほんの一部である。諸賢におかれましては歴史を学んで、明治以来～戦時中に、あるいは現代においても作られる漢字の言葉の真実の意味を探求されんことを。

世界援助隊　WAT《ワット》　World aid team

二〇二五年　世界援助隊　が発足しました
服装は　迷彩服ではありません
色は澄んだ空の　ブルーに白い鳩のマーク
武器は持ちません。
七つ道具は持っています。
世界のあらゆる災難・災厄に対して
迅速に行動するチームです。
その名は　世界援助隊　WAT《ワット》。

地震・津波・旱魃・洪水・疫病・山火事・動乱・戦争・原発事故
世界のあらゆる災難・災厄に対して
直ちに現地へ急行
迅速に行動するチームです。

日本国は　二〇二五年
防衛費の三〇%をWATの予算に決定
また　世界援助大学校を設立
入学金・授業料なし
世界のあらゆる災難・災厄に対して、
迅速に行動できる専門家を育てる大学です。
更に特例として知識、技能、経験を有する者の
志願参加を認めます。

また　紛争地においては
攻撃の対象にならないよう
赤十字・赤新月社のように
国際的に認知されるよう運動を開始
政府は世界一九五か国に正式に伝えた。

世界各国の災害の現地に　直ちに赴き　救援や復興に携わる
緊急救助・救援物資・土木建設・電気・通信・医療活動など
衣・食・住の専門技術家集団です。
世界のあらゆる災難・災厄に対して
迅速に行動するチームです。

澄んだ空のブルーに白い鳩マークの隊員たち
世界中で期待されるその名は

世界援助隊
ＷＡＴ　ＦＲＯＭ　ＪＡＰＡＮ。

九条川

音もなく
流れる九条川
岸辺に立ち目を凝らせば
たえることなく流れくる
三百十万人の
祈りの姿

ひそやかに
流れる九条川

夕陽に映える川面の
煌めきわたるさざ波は
三百十万人の
くれないのなみだ

滔々と
流れる九条川
岸辺に立ち耳をすませば
水底《みなそこ》から湧き上がる
三百十万人の
祈りの声

流れよ　流れよ
九条川

静かにも力強く
永遠に尽きることなく
流れよ　流れよ
九条川

九条川は
尽きることなく流れきて
尽きることなく流れゆき
海に至りても
消ゆることなく
遠く水平の彼方に
一筋の海流となって
やがてとつくにの岸辺に
平和を祈る波となり

絶えることなく打ち寄せるのだ

見よ！
歴史を学ばぬものよ
絶えることなき九条川の流れを

聴け！
理想を持たぬものよ
絶えることなき九条川の祈りを

童話　二題

大きな木と大きな蔓

緑豊かな国がありました。花が咲き蜜蜂や蝶々が舞い、鳥たちが歌い、動物たちも楽しく暮らしていました。

野原の端は高い高い崖があって、その下は広い広い海で、いつもゆったりとした波が打ち寄せ、それは子守唄のようでした。

それはそれはきれいで平和なみんなの国でした。


ある時、一羽の鳥が飛んできて、ポトリと木の実を落としました。

やがて芽が出て、木になり、どんどん大きくなりました。

どんどんどんどん大きくなったので、大きな木の下は、お日様の光もなくなり、みんな困りました。

やがて花の色も褪せて、多くの花が枯れ、蝶々や動物たちも困ってしまいました。

みんなの国も、だんだん貧しくなり、もうあんなに自由に歌ったり、遊んだり出来なくなりました。

それでも大木は知ったことかと、どんどん大きくなり、みんなはますます困りました。


ある時、一羽の鳥が飛んできて、ポトリと実を落としました。

やがて芽が出て、今度は蔓が生え、どんどん大きくなりました。

蔓はどんどん大きくなり、やがて大木に巻き付きました。


大木は邪魔な蔓だとますます大きくなります。蔓は大木を締め付けようと、ますます太く、ますます長く、強く強くこれでもかと巻き付き、締め付けます。


大木と大蔓はそうして長い間、戦い続けました。

お互いに苦しみながら、傷つけながら、大きな声で争い続けました。

馬鹿にしたり、ののしりあったり、苦しんだり、痛がったりで、楽しい言葉や優しい言葉はありませんでした。お互いを思いやる言葉など一度もありませんでした。なんと不幸《ふしあわせ》なことでしょう。


大木と大蔓の日陰で、美しい野原は荒れ果て、住んでいたみんなは自由もなく、くらい国になってしまいました。


ながい時がたって、戦いにつかれた大木はやがて枯れ始めました。

大蔓はこの時とばかりに締め付けます。

そして大木はどんどん枯れはじめ、大蔓はますます葉を茂らせます。

みんなの国はやはり日陰のままで、暗い毎日でした。

ある日、大木が枯れ、大蔓は勝ち誇って、ますます大きくなろうとしました。
その時、ビューッと強い風が吹いてきて、大木が断末魔の声を上げて倒れ、巻きついた大蔓もろとも高い断崖から落ちていき、海の中に消えてしまいました。

ひろい海は何事もなかったように、ゆったりとした子守歌のような波が打ち寄せていました。

やがて、昔のように、みんなが楽しく暮らす平和な国にもどりました。

金色トンボ

船に乗って南氷洋へ行ったときのお話です。


港を出る前、甲板で仕事をしていました。

赤トンボが沢山飛んでいました。

船が出て幾日かした時、甲板のロープの上に赤トンボが一匹止まっていました。

大きな船なので、気が付かなかったようです。

もう遠く遠く離れた海の上なので、住んでいた公園や野原、そして仲間のいる所には戻れません。

このまま死んでしまうのではと心配して見ていましたが、元気で、ロープに止まったり、アンカーの太い鎖の周りを飛んだりしていました。

幾日かして、船は南の国の港に停泊しました。バナナやパインアップルやマンゴーやスターフルーツなど美味しい南国の果物を沢山積み込みました。

甲板で赤トンボを心配しながら仕事をしていると、この国に住む黄色いトンボが何匹も飛んでいました。やがて船が出る時、赤トンボは黄色いトンボたちと一緒に船から離れ、港の外れにある公園の方へ飛んでいきました。安心しました。

◇　◇

あくる年も南氷洋へ行きました。
去年と同じ南の国の港に停泊しました。
そして美味しいフルーツを沢山積み込みました。
甲板で仕事をしながら、ふと気が付くと
黄色いトンボに混じって
金色のトンボが沢山飛んでいました。
あっちにも、こっちにも、ほら、あっちにも金色トンボです。
そういえば赤トンボはいませんでした。
きっと、あの赤トンボと黄色いトンボの子供たちが
金色トンボになったに違いありません。
よかった、よかった。

世界には色々の人がいます。
顔かたち、髪の毛、肌の色、みんな、みんな、美しい。
みんなが、トンボの様に交じり合ったら、どんなにきれいでしょう。
そしたらみんな兄弟、親戚になって、戦争が無くなるかも知れません。
あと何十年かかるかなあ。

あとがき

人間の記憶は三～四歳ごろからといわれますが、幼くして父親が戦死した子供たちは父の顔も知らないのです。終戦後、戦死や戦災の遺児が日本全国でどれ程いたのでしょうか。筆者の身近にも十指に余る遺児がいます。

皆高齢になりましたが、戦後の七十五年間、健気に生きてきました。苦労する母の姿と優しさに包まれ、平和が続いて安心して頑張ってこられたと思います。

そのような方々にとって悲しい事を書き連ね、切ない思いをさせてしまうのであれば申し訳ない事だと思います。

しかし、我々の世代の出来事を、若い人たちにわかってもらい、平和で幸せな国が続くようにとの思いに免じてお許し頂きたいと思います。

さて、平和で幸せな国日本。これは憲法九条が人々の心の底に強くあるからだと思います。徒然草に「言いたきままに語りなして、筆にも書きとどめぬれば、やがて定まりぬ」とありますが、九条に何か書き加えたり変えたりして、やがて定まってしまった時、恐ろしいと思うのは筆者だけでしょうか。
憲法九条の文面からすれば自衛隊は明らかに違憲ですが、その存在は良い意味での曖昧さに寛容な日本人の大いなる知恵ではないでしょうか。変に蜂の巣を突いて事を荒立てる事をしないのは平和の要諦であると思います。
しかし海外派兵となれば別です。一時、日本は金は出すが血は流さないと言われ、海外派兵をしましたが、お金だけで良いではないか。過労死する程働いたお金なのです。なぜ、「憲法九条があるから派兵はしない」と主張できないのか。

現在、自衛隊が特に被災地等で復旧援助に黙々と活動する姿は、国民に大いに信頼され尊敬されています。九条に書き加えなくても自衛隊の皆さんは頑張っておられます。書かれたからと言って士気が変わるものでしょうか。人は隠忍自重、堅忍不抜の時、その誇り大いに高しと思います。自衛隊の方々に聞いてみたいものです。そして自衛隊員の気持ちを考えて九条に書き加える云々は「軒を貸して母屋を取られる」危険性があります。

最後になりますが執筆にあたり、慰霊や追悼の思いで書いているつもりが、知らぬ間に怒りの文になってしまうことが度々ありました。あまりにも直截であった為、つとめて怒りよりも祈り、希望、願いになるよう努めました。
そして「昔だったら引っ張られて、拷問を受け、獄死するかもしれない」

と思いました。一寸油断すれば、そんな社会は簡単に来るのです。この様に言える自由もあの戦争の犠牲の上に成り立っているのです。

この書が、新しい世代の方々に、戦争の心配の無い日常がいかに大切であり、その為には日常の努力が必要である事をお伝え出来れば本望です。

本書出版にあたり、歌人の江田浩司・大田美和（同じく歌人で英文学者）ご夫妻には土曜美術社出版販売をご紹介いただき、貴重なアドバイスもいただきました。また、中身よりも立派な装丁デザインをして下さったオフィス１０００の西村専治氏、この詩集の出版をお引き受けいただきました土曜美術社出版販売の高木祐子様に心より感謝申し上げます。

二〇二〇年　蟬が高らかに鳴く日に

髙橋嬉文

憲法九条

第2章　戦争の放棄

〔戦争の放棄、軍備及び交戦権の否認〕

第9条　日本国民は、正義と秩序を基調とする国際平和を誠実に希求し、国権の発動たる戦争と、武力による威嚇又は武力の行使は、国際紛争を解決する手段としては、永久にこれを放棄する。

2　前項の目的を達するため、陸海空軍その他の戦力は、これを保持しない。国の交戦権は、これを認めない。

著者略歴

髙橋嬉文（たかはし・よしふみ）

1938 年（昭和 13 年）神奈川県出身。
1956 年 都立小金井工業高校卒業。会社勤務。
1961 年～ 62 年 南氷洋捕鯨船員となる（7 ヶ月）。
後会社勤務。
1967 年 写真と詩文集『武蔵野の日々』を出版。
1967 年～ 1970 年世界各国を放浪。帰国後会社勤務。
1975 年より美術関係の仕事に携わり、現在 画廊を経営。

詩集　九条川《きゅうじょうがわ》

発　行　二〇二〇年十一月三十日

著　者　髙橋嬉文
装　丁　西村専治
発行者　高木祐子
発行所　土曜美術社出版販売
〒162-0813　東京都新宿区東五軒町三—一〇
電　話　〇三—五二二九—〇七三〇
ＦＡＸ　〇三—五二二九—〇七三二
振　替　〇〇一六〇—九—七五六九〇九
印刷・製本　モリモト印刷
ISBN978-4-8120-2600-7　C0092